Hayykitap - 468
Edebiyat - 56

Sakın Büyüme Çocuk
Muhammet Recep Arar

Hayykitap Edebiyat Yayın Yönetmeni: Caner Yaman
Editör: Meral Arar
Kapak ve Sayfa Tasarımı: Turgut Kasay

ISBN: 978-975-2477-76-6
1. Baskı: İstanbul, Şubat 2018

Baskı: Yıkılmazlar Basım Yay.
Prom. ve Kağıt San. Tic. Ltd. Şti.
Evren Mah. Gülbahar Cad. No: 62/C
Güneşli - İstanbul
Sertifika No: 11965
Tel: 0212 630 64 73

Hayykitap
Zeytinoğlu Cad. Şehit Erdoğan İban Sk.
No: 36 Akatlar, Beşiktaş 34335 İstanbul
Tel: 0212 352 00 50 Faks: 0212 352 00 51
info@hayykitap.com
www.hayykitap.com
facebook.com/hayykitap
twitter.com/hayykitap
instagram.com/hayykitap
Sertifika No: 12408

Sakın Büyüme Çocuk

Muhammet Recep Arar

Muhammet Recep Arar

1991'de Konya'da doğdu. İlk ve orta öğrenimini Konya'da, lisans öğrenimini Balıkesir Üniversitesi'nde tamamladı. İlköğretiminin ardından 1 sene kadar İstanbul'da kaldı ve ilk yazma deneyimlerine burada başladı. Halen Ordu ilinde öğretmen olarak çalışan Muhammet Recep Arar; aynı zamanda seslendirme de yapmaktadır.

Önsöz falan filan

Yazdıklarım sırasında varlığını hiçbir zaman esirgemeyen
yalnızlıklarıma, karanlıklarıma, yaşanmışlıklarıma...
Sonra acılarıma, hüzünlerime, yazdıran duygularıma...
Sonra sigarama, şarkılarıma...
Ve buraya yazamadığım daha nicesine
teşekkürü borç bilirim...

Not: Açıklama yapmak istemiyorum!

Bütün yazdıklarımı yaşadım.
Ama bütün yaşadıklarımı *yazamadım*.

Birileri okusun diye yazmadım. Sözcüklerim de kimsesiz kalabilirdi, endişe duymadım. Kaç boynu bükük kelimeyi birbiriyle tanıştırdım aynı cümlenin içinde, saymadım. Hiç korkmadım yazarken, esirgemedim kalemimi.

Yüreğime gelenleri söyledim, yüreğimden gidenleri sustum...

Günaydınlarla başlayacaksınız güne. İşe, okula, bakkala, komşuya... Başka bir ülkeye, başka bir aleme gideceksiniz belki. Belki bir cenazeye katılacaksınız; belki de insanlar sizin cenazenize katılacak! Belki bir çocuğunuz olacak bugün; belki de sen güzel bebek! Sen bugün doğacaksın!

Belki yağmur yağacak tepenizden, belki kar. Belki de yanacaksınız, güneşin sıcağından. Bugün öyle bir gün işte. Kimisi için sıradan, kimisi için olağanüstü.

Belki bir iş teklifi alacaksınız bugün; belki de patron olarak iş vereceksiniz! Belki koşa koşa, belki tekerlekli sandalye ile gideceksiniz; belki pazara, belki doktora, belki eve...

Belki sevdiğinizle buluşacaksınız; heyecanla, aşkla, sabırsızlıkla. Belki de mecburen buluşmak zorunda kalacaksınız yere batasıca o insanla. Ve belki sevilen olacaksınız, belki de yere batasıca o insan.

Belki yuvası dağılmış bir adam, belki de ilk celsede boşayan hakim olacaksınız. Bilemezsiniz ki! Belki bir öğretmen olacaksınız sınav sorusu hazırlayan. Belki de sorulardan habersiz, koskoca kitabı ezberlemeye çalışan, sistemin yitik öğrencisi.

Belki diyecek o kadar çok şey var ki...

Mesela saçma bulacaksınız bu yazılanları. Umurunuzda olmayacak hiçbir şey.

Belki hiçbir şeye kafa yormayacak kadar bencilsiniz, belki de bir lokma ekmek için ölecek kadar cesur.

Hayat geçip gidecek belkilerle. Belki bir gün "belki" dediğiniz yerde olacaksınız, belki hiç beklemediğiniz bir yerde. Gün bittiğinde karanlık çökecek. Kimisi uyuya kalacak televizyon karşısında, kimisi eğlenceye dalacak. Belki denecek o kadar çok şey varken kimileri bunu hiç umursamayacak.

Ve siz belki bir yazı okuyacaksınız bugün, belki de bir şiir yazacaksınız. Belki sıkılacaksınız belki demekten ama belkiler bitmeyecek. Bazen iyikilere bırakacak yerini, bazen keşkelere.

Evet belki...

Mesele yalnızlıksa; iyi zar tutarım!

Bazen yaşadığın kafaya göre şarkı dinlersin. Bazen dinlediğin şarkıya göre kafa yaşarsın. Ağladığın için içersin bazen, bazen içtiğin için ağlarsın. Şartlar değişken. İnsanlar çok değişken. Bakış açıları da değişken bayım!

Sizin baktığınız tarafla benim gördüğüm taraf bir değil. Sokak lambalarını sayacak kadar yalnız kalmadan, beni anlayamazsınız!

Bu dünyanın, bu hayatın, bu insanların ve bu kahrolası düzenin sana acıyacağını mı sandın çocuk?

... katledilen tüm çocuklara ...

Çocukken güzeldik be! Hayatı ve insanları severdik. Gözümüz açılmamıştı henüz. Şekerle mutlu olur, misketle avunurduk. Yüzümüze gülenler iyi, kaşını çatanlar kötü adam olurdu.

Kendimiz güzeldik ulan bir kere! Masumduk, suçsuzduk. Ne parayla işimiz vardı, ne karıyla, ne kızla. Bir büyüğümüz elimizden tutup da bakkala soktu mu; kendimizi dünyanın en şanslı çocuğu, o büyüğümüzü de dünyanın en kral insanı ilan ederdik. Yalansızdık ulan o zamanlar. İstesek bile yapamazdık. Ya bir avuç leblebiyle kandırırlardı, ya da beş kardeşle. Kuş olur öterdik her şeyi. Yalansız gülümserdik, yalansız güvenirdik. Güvenirdik ulan o zamanlar. Harbi harbi güvenirdik.

Sonra büyüdük. Büyüdükçe güzelliğimizi kaybettik. Masumluğumuzu, yalansızlığımızı. Kaptırdık kendimizi dünyanın devri devranına. Arzularımız değişti, bakışlarımız değişti, sevgi kriterlerimiz, güven ilkelerimiz değişti. Üç beş bozukluğa masum bir öpücük verenler, üç beş biraya adamlığını, kızlığını verir oldu.

"Ha mutlu olduk, ha mutlu olacağız" derken, battık ha battık! Gelmedi beklediğimiz güzel günler. Her dün daha mutluyduk, anlayamadık.

Hayat bir mutluluk piramidiydi. Doğduğumuzda piramidin kalın tarafından başlıyorduk; sonra gün geçtikçe inceye, daha inceye, hep daha inceye doğru yol alıyorduk. İş işten geçtikten, geceleri günlere tercih ettikten sonra fark ettik.

Çocukken güzeldik be! Kendi dünyamız vardı. Oyuncak arabalarla taksi şirketimizi kurar, komşunun kızıyla platonik evcilikler oynardık. Rüyalarımız beyazdı o zamanlar. En büyük kabusumuz, rüyamızda gördüğümüz çikolata bahçesinin gerçek olmamasıydı. Sonra deliksizdi uykularımız, yarasız, beresiz... Hepsini yitirdik!

Sen sakın büyüme çocuk! Hiçbir şey o çok sevdiğin oyuncak araba kadar mutlu edemeyecek seni. Ve gün gelecek sen hiçbir şeyi o araba kadar çok sevemeyeceksin...

İnan bana çocuk!

Sensiz yaşayamam diyenler, senden çok yaşayacaklar.

Herkes gider, ama herkes...

"Gitmez" deme hiçbir zaman. İstisnasız hayatında olan herkes bir gün gider. Tabi her gidiş, başka bir hikayedir. Kimi ağlatır giderken, kimi kahkaha attırır. Kimi ana avrat sövdürür mesela, kimi hayır duaları alır. Kimi kazıklar gider, kimi gider, kazık atar. Ama giderler. Zamansız giderler bazıları, yarıda bırakıp her şeyi, giderler. Gidenler, yarıda bırakır genelde hep bir şeyleri. Gidenler yarım kalır hayatımızda. Her giden yarısını alıp gitmiştir ve her giden bir yarını olmasa da bir yanını götürmüştür. Bazen büyük olur gidenin bavulu, bazen minnacık. Herkes aynı şeyi götürmez. Herkes aynı miktarda götürmez. Aman ha kardeşim "gitmez" demeyin.

Gidecekler, alışın...

Tutmuyor değil mi uyku, **acılarının ucundan?**

Uçurumun gecesine düşersen, tutmazmış uyku. Efkarlı türkülerin yankılandığı bedenlere gelmezmiş. Geçmişi irdeleyen düşüncelerden, b*ku çıkmış hüzünlerden, dumanlı kafalardan köpek gibi kaçarmış. Koyun saymak ne ulan? Böyle saçmalıklara kıs kıs gülermiş uyku. Çok beklersen kapris yapar, geleceği varsa da yan çizermiş. Maça ası gibiymiş, ihtiyacı olana gitmezmiş. Esasında uyku, ölüm gibi bir şeymiş. Ama vakti geldiğinde değil, huzuru bulduğunda çalarmış kapını. Uyku ölüm gibiymiş; öldürmezmiş. Arada bir görünür, yatağına uzandığında ortadan kaybolurmuş. Zamansız zamanlarda hortlarmış sonra. Bazen can alır, bazen kalp kırarmış. Yazan kalemlerde, yanan sigaralarda, boşalan bardaklarda, ayrılıklarda, uzaklıklarda her bir şeyde parmağı varmış. Çayı, kahveyi sevmezmiş. Muhabbetten nefret edermiş. Ne aşka inanırmış, ne sevdaya. Boş gönüllere, boş beyinlere kısacası boş adamlara yavşarmış.

Uçurumun gecesine düşersen, tutmazmış uyku.

Uyku tutmadı beni.

Ya sizi? Tutabildi mi?

Fiyatını öğrenebilir miyim? **Bu acı, kaç gece eder?**

Bölünmüş uykularımın paramparça olan saatlerinden yazıyorum. Alacakaranlığa dönmüş gece. Kimi kalkmış yol almak için erkenden, kimisinin umurunda olmamış hayat. Alışılagelmiş yaşam kavgası ve her kavganın nihayetinde bitkin bedenler. Kapalı gözleri aralayan damlalar, sonra boncuk boncuk dökülen yaşlar...

Dört gözle beklenen insanlık, deniz kenarında kum tanesi aramak gibi. Çelişik büsbütün, büsbütün karışık işte evren. Bir çocuğun değerli saydığı bozuk para kadar değerli güvenim. Bir o kadar da değersiz adam olmuşların nezdinde. Peki çocukluğumun masumluğu mu? Yoksa adam olmuşların ölçüsü mü kıymetli olan? Sevmek, sevilmek, aşk, dostluk... Göreceli olabilir mi bazı kurallar? Ya da yasaklar kurallara isyan mı sadece?

Bölünmüş uykularımın mahmurluğuyla yazıyorum. Elimde olmadan sallıyorum kafamı. Etrafı kopuk kopuk görüyorum. Dinlendiğim kadar yorulmuş oluyorum her uykunun sonunda. Ve her uykuya dalışımda yorulduğum kadar da öğrenmiş oluyorum aslında. Ama nedense öğrenmem gerekeni değil de öğretmeleri gerekeni öğretmeye çalışıyorlar. Ve öğreniyorum öğrenmemem gerektiğini. Sonra cevapsız sorular soruyorlar sırf susayım diye. İçimdekiler kadar susuyorum bende, sessizliğimle küfrediyorum.

Bölünmüş uykularımın bölük pörçük ettiği kalemimle karalıyorum. Bölük pörçük düşünüyor, bölük pörçük yaşıyor ve bölük pörçük yazıyorum...

Saklambaç oynardık, beni kimse bulamazdı.
Büyüdükçe saklanamaz oldum **insanlardan...**

İnsanlar yetmezmiş gibi bir de kendimin kendime yaptıkları vardı. Mesela saklayamadıklarım... Herkesten sakladığım ama kendimden saklayamadıklarım.

Mesela acılarım... Herkesten gizleyip kendime döktüğüm yaşlarım, ardın sıra kendi içimde boğulmuşluklarım vardı. Kimsenin uyanmadığı benimse hiç uyuyamadığım yalanlarım vardı. Başkaları üzülmesin diye kendimi feda ettiğim masallar, servetler harcarken birilerine, gönlümün karla kaplı dağlarında yalın ayak gezmişliklerim vardı.

Esasında kendim kendimin en iyi dostuydu. Ama en büyük düşmanlığı yine kendim kendime yapıyordu. Kimselere anlatamadığı çaresiz anları kendim sadece kendime anlatıyor, kendim yine kendimin derdiyle sonu bitmeyen efkarlı gecelere düşüyordu.

Yine öyle bir gece işte! Çalan müzikse manidar:

"Efkarım birikti sığmaz içime..."

Not: Sizin gördüğünüz ben ile benim yaşadığım ben bir değil. Anlayamazsınız!

Kış beyaz, bahtım siyah.
Bahar yeşil, bahtım siyah.
Hazan sarı, bahtım koyu siyah...

Yok bayım yok! Hayatın adaleti herkesi aynı terazide tartmıyor. Kimi kahkahalar atıyor durmadan, kimi ılık yaşlar döküyor her gece. Gece bayım gece! Adamın nefesini keser AlimAllah.

Kursağın düğüm düğüm. Çözmek isterken daha da dolaşıyorsun. "Gece" diyorum bayım! Ölmeden uyanamıyorsun...

Bazen konuşman gerektiği yerde konuşamıyorsun. Konuşmak istiyorsun; kelime değil, bildiğin yaş dökülüyor dudaklarından. Konuşamıyorsun bayım! Boğazında kilitleniyor bir şeyler. Kekelemeye karışık yaşlar döküyorsun işte, harf harf.

Mesela bayım söndürdüğünüz sigarayı hatırlamayıp, hemen ardına yeni bir sigara yaktınız mı? Ve dakikalar içinde; buruşturulmuş, hayatı avuçlarının arasına almışçasına sıkıştırılmış bir paket geçti mi elinize, herhangi bir gece?

Yok bayım yok! Bazen uzatmanın da bir anlamı yok! Olmayınca olmuyor işte bir şeyler, olmayınca olmuyor...

"Hayat kısa, kuşlar uçuyor."
Cemal Süreya

–

"Hayat kısa, insanlar dönüyor!"
Muhammet Recep Arar

Ulan hayat!
Ulan şehrin karanlığı!
Ulan içemediğim sade kahve!
Ve sen çaya karbonat attığı konuşulan çaycı.
Ve sen kaldırımın köşesinde uyuklayan şişman köpek.
Seyyar satıcının yankılı sesi.
Pazar dönüşü elindeki poşetleri yere koyup
dinlenen teyze...

Ulan hayat!
Avrupai isimdeki mekanlar,
En lüks arabalar,
İş toplantısındaki zamparalar,
Aşıklar, deliler, ihtiyarlar, gençler...
Karşıdaki adam, parktaki çocuk.
Ve hepimiz ulan, hepimiz senin derdindeyiz.
Sen bu oyunun neresindesin hayat?
Hırsız mısın, arsız mı?
Ağzım torba değil ki büzesin.
Ulan hayat!
Çık ortaya nerdesin?

Hangi yöne dönsek oluk oluk acı boşalıyor üstümüze.
Silkelensek dünyalar boğulacak derdimizde.
Ama bundan kimsenin haberi yok.

Elindekileri yitirirsin, kalbindekileri yitirirsin, en son kendini yitirirsin. Kaybetmeye musallat olduysan bir kere, ağzınla su aygırı tutsan fayda etmez.

Bir söz vardı: "Ömrüm yetmedi kaybetmeye, ömrümden sonrasını da kaybettim."

İşte öyle bir şey. Biz sigaraya müptelayız, sevip ayrı kalmaya, güvenip kandırılmaya müptelayız. Uykusuz kalmaya, karanlığa, yalnızlığa müptelayız. Daha fazla uzatmanın anlamı yok! Biz kaybetmeye müptelayız...

"Hayat" diyorum!
Beş harfli bir kelime kadar kısa...

Kaçırdım gözlerimi kaçamak bakışlardan. El insaf hayat, sıkıldım yokuşlardan. Yoruldum! Sanki kainatı omzuna almış bir dünya oldum. Çözdüm, çözüldüm, dünya içinde dünyalar gördüm.

Sahte yıldızlar kaydı sahte gökyüzünden. Yalan insanlar dilek tuttu, ben bütün dileklerimi azad ettim. Paltomun yırtık cebine koydum hayallerimi. Kaybolsun umutlarım, ben her şeyden vazgeçtim.

İnsanlar, insanlar yoktu. İnsan yoktu. Toprağın bedeninden çıkanlar ateş oldu. Her ihanet sanki bir kordu. Alev alev büyüdü insanlık, kül oldu hayat!

Adını koyamadım adsızların. Tanıdıklarımı tanıyamadım. Sağır kaldım naralara, fısıltılara uyandım. İncecik bir çizgide yürüdüm. İnce düşündüm. Kırıldım. Ruhsuz bir beden yaşattım köhne kentlerde. Yaralandım içlerimden ama düşmedim. Gecenin karasında, bir de hüzün çökünce durgundum...

Ey hayat! Aldığım nefes kadar, verdiğim nefes var.

Neyin borcudur ödediklerim?

$$x^2+\left(y-\sqrt[3]{x^2}\right)^2=1$$

Hesap makinesi ellerden yüreklere düştü.
Alın size teknolojik devrim!

Gözlerimle görmeden inanamıyorum.
Bazen görsem de inanamıyorum.
Artık inanamıyorum!
İnanmak istiyorum.
Deli gibi ihtiyacım var buna.
Ulan yapayalnız kapalı kaldım bir kavanozun içinde
vallahi inanmak istiyorum!
Ama olmuyor.
İnsanlar buna izin vermiyor.
İnsanlık buna izin vermiyor.

Uykularımız bile hantal.
“Gel” deyince gelivermiyor.

Yatağa uzandım. Sol dirseğimi yastığa dayadım. Sol elimle başımı destekleyip parmak arasına bir sigara tutuşturdum. Sağ elimle de seyyarda üç beş liraya satılan tesbihimi çekiyordum. Burnum dumanın tesirinden sızlıyor, beynim sonu gelmeyen çıkmazlarda oyalanıyordu. Aynı şarkıyı defalarca dinlediğimi geç fark ediyor, fark ettiğimde ise hakikaten dinlemediğimi fark edip yeniden dinlemeye yelteniyordum.

Gün içinde bir şekilde geçiştirdiğim duyguların ve düşüncelerin ve cevapsız soruların yatağa girdiğim anda karşıma dikilmesi kıllandırıyordu şüphelerimi. Kendimi kendim tarafından tecavüze uğramış gibi hissediyordum.

Uyku haline girebilmek için sızmayı bekliyordum; uyanmak için de ayılmayı. Uyku halinde kalabilmem için sessizlik değil, ses gerekiyordu. Bu da sessizliği sevmeme rağmen kendisine güvenmediğimi gösteriyordu. Ve sessizliğe güvenemiyor olmam, yaşadığım kansız ilişkilerin benliğimi nasıl bir kangrene çevirdiğini bir kez daha gözüme sokuyordu.

Saat ilerleyip karanlıklar aydınlığa iş attıkça, kafamdaki lanet olası tilkiler daha derinlere inmeye başlıyor ve ben o derinlerde acı içinde boğularak sızmaya başlıyordum.

İyi geceler mi diyordunuz? Size de iyi geceler. Pardon! "Size de" değil, "size" olacaktı.

Size iyi geceler...

Biraz anlatamadığım gibiyim.
Gözlerim yarı açık.
Kulaklarım müziğe kenetli.
Beynimde dönüp duran binlerce bilmece.
Ve ben yine biraz, anlatamadığım gibiyim bu gece...

Bir karanlık gecede, yalnızlığın kalabalıkla, kalabalığın yalnızlıkla rahatsız edildiği bir vakit oturuyordum. İlk defa geldiğim ve içimdeki marazları sadece bir kere kusacağım güzel Trabzon'un yüksek bir tepesinde. Bir yandan fiyakalı cezaevi manzarasını izliyor, bir yandan manzara kelimesinin izahını alt üst ediyor, bir yandan da "niye buralardayım" sorusunu kendime açıkla-ma-maya çalışıyordum. Etrafta evlerin olmasından mütevellit adabımı bozmuyor, kukumav kuşu gibi oturmaktan başka bir şey yapmıyordum. "Yan" dedim kendime, yan bakalım sigaranla beraber...

Tam dalmışken derinlere, ayak sesiyle irkildim. Çok da umursamadan, hafifçe kafamı çevirdim, şöyle bir göz atıp döndüm önüme...

Ses yaklaşıyordu; tekrar döndüm arkama, baktım bana doğru geliyor, kalktım ayağa. "Hayırdır kardeşim bu saatte?" dedi, altında terliği evinden yalan yapırdak çıkmış bir abi. Saçı hafif dökülmüş, sakalı yerli yerinde. Biraz bilmiş, biraz da demlenmiş; yanaştı üzerime doğru. "Bir yanlışımız mı olmuş?" dedim, kendimden emin ancak saygıda kusur etmeyen cinsten. "Yok estağfurullah sen yanlış anladın. Hani hayır mı, şer mi, aşk mı, meşk mi manasında sormuştum belki iki laflarız diye" dedi. "EyvAllah abi" dedim." Karışık benim durumlar, anlatılacak gibi değil anlayacağın. Öyle kafa dinliyorum." dedim. "Yabancısın" dedi. "Evet" dedim. "Bildim de geldim zaten" dedi. Sustum, sordu "Neye bakıyorsun?" "Cezaevine" dedim. "Öyle boş boş cezaevine mi bakıyorsun" dedi. "Görülecek başka bir şey mi var" dedim. "Aha da o yüzden geldim işte; neye baktığını bil, neyi izlediğini bil, nerelere daldığını bil istedim" dedi. "Eyvallah" dedim. "Burası tepe, orası düz. Karşında cezaevi, üstünde rezidanslar, yanında mezarlık... Var bu düğümü sen çöz" dedi. İlk başta anlayamasam da kafamda bir şeylerin "hass*ktir" dediğini duymuştum. O arada "hadi eyvallah" dedi. El etti, döndü arkasını. "Nereye abi" dedim. Güldü, "eveee" dedi uzatarak. "Eyvallah" dedim, ne diyeceğimi bilmeden.

Tepe, düz, cezaevi, rezidans, mezarlık, düğüm, düşünceler ve yine kahrolası düşüşler! Sığamadım gecelere, sığındım denizlere bastım sahil yoluna. Anladım, anlamadım, anlattım ama anlatamadım. Tepe, düz, cezaevi, rezidans, mezarlık, düğüm, düşünceler ve düşüyorum!

Geceler, anasıdır ağrılarımın.
Ve dertlerim, zamansız doğan birer p*ç!

Gecenin koynuna doğru sokuldukça, küllüğündeki izmarit sayısının arttığını göreceksin. Saat ilerledikçe gözlerine bir ağırlık çökecek; uyumak isteyecek, uyuyamayacaksın. Ansızın elinde telefon onun numarasını tuşlarken bulacaksın kendini. Aramak için defalarca hamle yapacak ama arayamayacaksın.

Sonra ne mi olacak? Bir b*k olmayacak! Sigaranı yakıp, olmayacak hayaller kurmaya devam edeceksin...

Bir gün mutlu olursanız; sessizce terk edin geceyi.

Daha fazla karanlığa ihtiyacım var. Daha fazla yalnızlığa. İnsancıklardan uzak bir yalnızlığa. Sonra sessizliğe. Sensizlik mi? O yeterince var. Biraz da ben lazımım aslında. Kendimi bulmam lazım.

Ağaçlar rüzgarların estirdiği kadar sallanıyor. Ben hayatın yaşattığı kadar yaşıyorum. Aydınlatmalar sadece yolları aydınlatıyor. Ve bir saniye! Bana ne bunlardan!

Şunu öğrenmem lazım.

İçimdeki karanlığa ışık tutabilecek var mı?

Yalnızlar cemiyetinin her gece yapılan
olağan genel kurulunda
yine yalnızım ve oturumu başlatıyorum.

Yalnızlık limanında bocalayan gemi misali, hangi karaya sırt verdiysem darbe yedim. Darbelerin tesiriyle denize daha çok yaklaştım. Güvensizlik, boğulma korkusundan ağır bastı. Düşünmeden düşmeye başladım denize. Dalgalara teslim ettim, bekareti onlarca kez bozulmuş masum duygularımı. Kıyılarda sabahladım poyraza aldırış etmeden ve üşümek aklıma bile gelmedi, sırılsıklamken...

Yalnızlığa yakalandım! Sırrım ifşa edildi.
Hayallerimin üstüne karanlıklar inşa edildi.
Aklım kaçtı, aklım gitti; o neydi, bu kimdi?
Ali'ydi Veli'ydi ne fark eder, sonuçta hepsi deliydi.

Adamlar sustu, konuşanlar arsız.
Soytarıların varlığı gereksiz, kralların yokluğu da zamansız.
Muhabbetler fasılsız, insanlar asılsız.
Beni boş verin de, siz nasılsınız?
Var mı fazla sigaranız?
Zamlarınız, karlarınız, açsınız doymazsınız!
Yak aga yak! Bu dünya çekilmiyor sigarasız...

Kirpiklerimle göz çukurum arasındaki bir kaç santimlik alandan, devasa büyüklükteki kahpelikleri görmek, Yaradan'ın verdiği en büyük lütuflardan biriydi...

Eli cebimde izliyorum arkasını dönüp gidenleri. Bir mezar daha kazıyorum, yüreğimin avlusuna... Tertemiz düşlerde kirleniyorum. Çürümüş insan kokusu soluyorum en mahrem pazarlarda. Kanla yazılmış yaftalar, ardın sıra kuyruklar görüyorum. Karaya çalan mekânlarda asi naralar duyuyor, ışığını yitirmiş sokaklarda numarasız ilanlar asıyorum...

Gülün dikeniyle kanıyor, barutun ateşiyle yanıyor ve çıkmaz sokaklara çıkan tüneller kazıyorum. Eli cebimde izliyorum arkasını dönüp gidenleri. Bir mezar daha kazıyorum yüreğimin avlusuna. Ceset yığınına dönmüş etrafım. Yürüyen ölüler selamlıyorum en içtensiz halimle. Soğuk rüzgarlar esiyor başımın ucunda, ben buz kesiyorum. Fısıltılara karışıyor avazım. Yalnızlık beni çağırıyor, ben yalnızlığı haykırıyorum.

Dört tarafı denizlerle çevrili kara parçasına ADA.
Hüsranlarla çevrili, yıkılmamış et parçasına ADAM denir...

Anlayamıyorum.

Bazı insanlar sırf kafeye oturunca, kendisine getirilen çayın kenarındaki çift şekeri ve kaşığı, garsonun elindeki tepsiye bırakıp "cool" görünmek için, çayı şekersiz içiyor. Bazı insanlar tonlarca para verip, kollarına en kaliteli saatleri takıyor ve bu saate günde bir kaç kez ya bakıyor ya bakmıyor. Hatta 'zaman' çoğu için bir anlamda ifade etmiyor. Bazı insanlar kalabalık ortama gireceğinde nedense normalden farklı olarak parliament, marlboro gibi sigaralar alıyor ve bu sigaraları masanın üstüne bırakırken kendini kral gibi hissediyor. Bazı insanlar sokakta yürürken, daha biraz önce, çizgili pijamayı göbek üstüne kadar çekip, evin içinde embesil vaziyette pineklediğini unutuyor ve olmadık kılıklara bürünüyor. Bazı insanlar bazen ne b*k olduklarını hakikaten unutuyor. Yaşadıklarıyla, yansıttıkları arasında her an yeni bir mesafe açılıyor ve bu mesafe belli zaman sonra uçurum oluyor. Ve ansızın kendini, kendi oluşturduğu uçurumun başında ne b*k yiyeceğini düşünürken buluyor.

Ben gerçekten anlamıyorum.

Yeni doğan bebekler kadar masum,
Topraktaki faniler kadar sessiz
Ve buluttaki yağmur damlaları kadar
temiz kalabilen var mı?

Kafamdaki çarpık düşünceleri rayına oturtmaya çalışırken bir yandan da botlarımla ezdiğim parkelerin çizgilerine basmamaya çalışıyordum. Şizofrenik bir amacım olmamasına rağmen, gözlerimi yerden kaçıramamam, psikolojimin anlaşılmaz matematik denklemleri gibi olduğunu gösteriyordu.

Uykun mu kaçtı prenses? Benim de uykum kaçtı. Onunla kalmadı. Sevdiklerim, seveceklerim, uğruna ölürüm dediklerim de kaçtı. Çocukluğum kaçtı çocukluğum! Masallarım, ninnilerim, sapanım, uçurtmam... En masum gülücüklerim, en temiz gözyaşlarım da kaçtı. Koduğumun dünyasında sadece uykum kaçmadı. Gençliğim kaçtı, insanlara güvenmelerim kaçtı, yaşama sevincim kaçtı. Aklım kaçtı ulan! Aklım kaçtı.

Demek uykun kaçtı prenses?

Uyuyabileceğini bilsem hayatımı anlatırdım ama en iyisi masalla devam edelim biz. Bir varmış bir yokmuş...

Yarım bardak çay kıvamında yaşıyorum hayatı.
Biraz soğuk, biraz bayat ve birazdan bitecek gibi.

Bahanelerle avuttum kendimi.
Keşkelere gebe kaldı düşüncelerim.
Çıkarsız yaşadım hayatı.
En büyük yalanları söyledim kendime.
Her defasında inandım.
Kandığım şeylere bağlandım,
Sonra da gerçeğim sandım.
Yalnızlığı içimde yaşadım.
En derinlerde, kuytu, köhne bir yerde.
Haykırışlarımı orada sakladım ve susuşlarımı...
Çocukluğum da oradaydı.
Yine kimsesiz, yine masum, yine yalnız.
Gecenin yankılarıyla ıssız yollarda buldum gölgemi.
Ah yanılgılarım! Yangınlarım ısıtmadı tenimi.
Fallara inanmadım. Hiç kahve de içmedim.
Tek başıma yaptığım kahvaltılarda, zeytin, reçel ve
soğumuş bir bardak çay.
Sigaramın mezesi buydu işte.
Soyutladım her şeyi, soyutlandım.
Hayallerde yaşadım gerçeği.
Alışkanlıklarımı sevdim, amaçsızca yürüdüğüm yolları,
dalamadığım uykuları...
Ağlamayı da sevdim.
Ama yaşamayı sevmedim.
Alışmadım da zaten, alışamadım.
Denizdeki dalganın sadakatini sevdim sonra.
Vefasını sevdim gökyüzündeki yıldızların.
Kuşların kaçamağını, bedevi susamışlığını, delilerin
aklını sevdim.

Yaşamayı sevmedim. Ama yükümlüydüm.
Yaşamakla, kaderimi yaşamakla yükümlüydüm.
Doğdum ve sonra büyüdüm,
Yaşadım, yaşamak zorundaydım.
Genelde kaybettim, arada bir kazandım.
Sadece kendimi görecek kadar bencil değildim.
Fakat sadece kendimi görecek kadar yalnızdım.
Şizofrenik bir yaşamdı belki de benimkisi.
Boşluğa doğru sürükleniyordum, kendi izdüşümüme doğru.
Diyeceğim o ki; bahanelerle avuttum kendimi.
Keşkelere gebe kaldı düşüncelerim.
Çıkarsız yaşadım hayatı.

Sonra sordular:
"Nereden böyle?"
Cevap verdim:
"Ruhumun yaşadığı yerden."

Hiçlerim var!

Yaz günü kar beklediğim gökyüzüm, kışın körpe güneşlerim var. Uyku çanağı gözlerim. Beynim bir başka tutarsız. Haykırmaktan sigarayı zehreden boğazım ve kafamda trilyonlarım var.

Ne kadar da asi büyüdüm; bir o kadar özgür. İnsanlar yaşam kelepçesi. Baş üstünde soytarılar ve krallar yalnız. Benim bence daha çok hiçlere ihtiyacım var.

Karanlıkla sevişmekten hamile hislerim ve sinirlerim harp içinde. Yolun başı buraya kadar! Issız saatlerde kalmışlığım ve son dumanı fondip yapmışlığım var. Ben hiçim! Bense hiçin içinde bir serseriyim. Ellerim izmarit kokusu ve bir zıvanada parmak izlerim.

Gecelere ihanet etmem, edemem. Ama bu gece, bu gece uyumalıyım...

Benim olmayan ne çok şeyim var.

Ben hiç yaşamadım anne!
Severek izlediğim yıldızlar,
Gecenin kara yüzüne sattı beni.
Karanlıktan korkmazdım,
Oysa mum ışığına muhtacım şimdi.

Kabusların cirit attığı,
Ölümden daha yakın gelen,
Gözyaşlarıyla uyandığım uykular...
Sen nasıl uyuturdun beni anne?
O düşler, o hülyalar...
Bitmesini istemediğim rüyalarım nerede?

Ben hiç yaşamadım anne!
Yüzüme gülümseyen insanlar,
Gülümsemediler ben gülerken.
Yıkılsam mutlu olacaklar var,
Her an haber bekleyen.
Arkamı kollayarak yürümeye mecbur ettiler beni.
Hiç kimse vermedi anne senin verdiğin eli.
Bileğimi bükemeyenler, aşkla imtihan ettiler beni.
Her sınavı kazanır sandığın oğlun, ömür boyu sınıfta kaldı anne! Dar sokaklar, yitik mekanlar, rakı masaları olmadı durağım. Ama içimde bir mülteci türedi; öyle bedbaht, öyle kaçağım.

Ben hiç yaşamadım anne!
Beni benden alan sevdiğim, geri vermedi aldığı beni.
Uğruna can koyduğum yâr, yaram oldu anne!

Ağrım, sızım oldu.
Ben ona doğru yürürken, o koşuyordu olabildiğince uzağa.
Ben kimin camını kırdım, kime yanlış yaptım ha anne?

İnsan hayalleriyle yaşar.
Geleceğe dair umutlar.
Mal, mülk, şan, şöhret...
Benim hayalim geçmişte kalmış,
Dünlerimi ver bana anne!
Saçlarımı taradığın günlerimi ver.
En çok seni sevişlerimi, senin için ağlayışlarımı ver.

Sevdiğini bırakmaksa aşk,
Dostluk yarı yolda koymaksa,
Paraysa insanlığın diğer adı,
Anlayacağın hayat buysa,
Üzülme "oğlum öldü" diye.
Ben hiç yaşamadım anne!

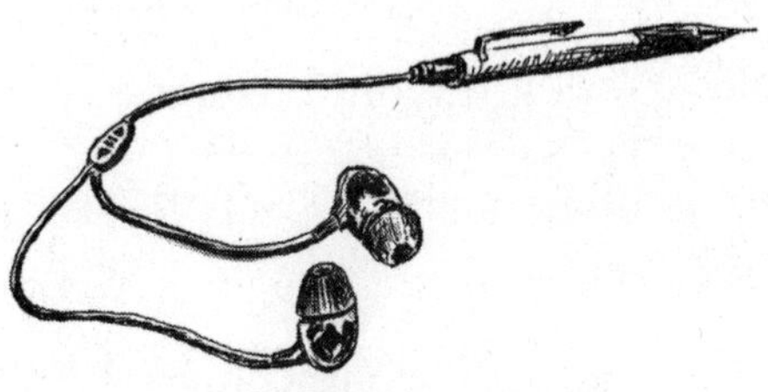

On saniye efkarlı melodi duysak,
saatlerce kederlenen adamlarız.
Sigarayı yakmak, kalemi eline almak,
"off ulan off" demek için
o kadar çok sebebimiz var ki...

Her gelen bir acısını kusuyordu üzerime.

Her gidense umutlarımı alıp götürüyordu, ulaşılması zor diyarlara.

İçim, dertlerin biriktiği foseptik çukuru; kalbim, ağrıya müptela olmuş zincirkıran delisi.

Sorulan sorulara, sorulacak bir sorum; verilen cevaplara, verilecek bir cevabım vardı.

Ama susmak! Susmak, en güzeli...

Terkedilmişlik içinde terkedilmişliğim,
Uzaklık içinde uzaklaştırılmışlığım,
Yalnızlık içinde yalnız bırakılmışlığım var.
Sıcak yatağında bunalanlar,
Soğutulmuş yüreğimi anlayamazlar!

Her şeyim yarım...
Yarım kalan şiirlerimi tamamlıyor, sigaramı yarım yarım içiyorum.
Yaram yarım, yârim yarım; bardağımın boşu yarım, dolusu yarım.

Yarım ekmek yemek için yarım saat yürüyorum.
Param da yarım.
İdareli kullanmalıyım...

Yarı gurbetin içinde yarım yamalak yaşamaya çalışıyorum.
Hayallerim, umutlarım da yarım.
Yarıda bölünen uykulardan yarım günlere uyanıyorum.
Vakit akşamüstü...
Evet evet, gecelerim de yarım.

Tam ortasındayım ömrümün, gençliğimin yarısında.
Dünüm de yarımdı benim, bugünüm de.
Biliyorum, yarınım da yarım.

Yarımım ben. Her şeyim yarım.
Çıkar yol arıyor, düşünüyorum.
Ama fikrim de yarım, hiçbir şey bilmiyorum.
Yaşıyorum sadece, yarım yamalak yaşamaya çalışıyorum.

Bırakın peşimi!
Varsayın ben bir kelebeğim ve
bir kaç günlük ömrüm var.

Ağzımda ölümün tadı var,
Ayaklarımda sırattan kalma bir yorgunluk...

Hırlayan boğazım düğüm düğüm.
Miadım belki yarın, belki bugün.

Masum olamıyor insanlar,
Mesela annemin duaları kadar.
Ve ben dimdik duramıyorum babam gibi,
Dizleri üstüne çökmüş bir kurbanım şimdi.

Hazırlıksız geldim bu hayata
Kim bilir gidişim nasıl olacak?
Meydan okuma değil, his benimkisi
Azrail beni korkutmayacak!

Ağzımda ölümün tadı var,
Ayaklarımda sırattan kalma bir yorgunluk...
Seziyorum!
Çok yakında o beklediğim sonsuzluk...

Acılar gece demlenirmiş,
koyu bir çay kıvamında.

"Acı çekecek miyiz?" dedim.

"Evet" dedi.

"Hep mi?" dedim.

"Hep" dedi.

"Neden" diyemeden devam etti:

"Acılar mutluluğun ücretidir. Ve unutma! Hiçbir mutluluk bedava değildir."

Acı bambaşka bir kavram. Soyut gözüken ancak somut anlamda insanın dengeleriyle oynayan değişik bir duygu. Bütün yolların sonunda elinde sopayla bekleyen musallat bir durum. Aşık olduğunda, sevdiğinde, sevildiğinde, sevilmediğinde, her koşulda ve şartta insanın peşini bırakmayan yapışkan bir his. Her türlü denklemin sonunda doğrudan ya da dolaylı olarak cevabı temsil eden bir şık.

Örnek denklemler:

(Aşık ol+Sevilme=Acı) Sonuç gayet basit.

(Aşık ol+Sevil+Mutlu Yaşa+Mal+Şan+Huzur+... = Mutluluk) mu peki? Hayır! Sonuç her türlü acı. Çünkü hayat denklemlerinde yutan eleman var. Hem yutan eleman hem sabit sayı: Ölüm! Geride katıksız acılar bırakan, çoğul yalanlı dünyanın tek adaletli olayı.

Acılar mutluluğun ücretidir. Peki ücret kaç acı? İşte düğümün çözüldüğü yerdeyiz. Hayatın ücret tarifesi çok değişken. Rahmetli Kemal Sunal'ın deyimiyle bazılarımız sendikalı, bazılarımız ise Harran'lı. Terazi yok yani.

"Bütün yolların sonunda bekleyen" demiştim. Bir de yolun başlangıcında yakalananlar var. Acıya çoktan müptela olmuş olanlar. Acıyla sevişen, acıyla dans eden, acıyla yazan, acıyla yaşayan; mutluluğu çoktan unutmuş, bir parça huzurla avunan, efkâr bağımlısı insanlar...

Sonuç olarak;

Acı: Adaletsiz hayatın, en vefalı duygusu.

Mutluluk: Bir görünüp, bir kaybolan ortalık or**pusu.

Bir acı çekmek vardır, bir de acıya müptela olmak.
Bir ölmek vardır, bir de her gün "yaşamak"
"Ben" olamazsan, beni anlayamazsın!
Yorma kendini...

Sormadılar ki bana. Sorsalar söylerdim. Yok yok söylemezdim. Belki söylerdim. Ama sormadılar ki.

Sana sordular mı? Birileri kendi dünyasında mutlu olurken, senin neden bu kadar acımtırak olduğunu sordular mı? İçindeki depremlerin büyüklüğünü merak eden oldu mu? "Anlat derdini" diyen çıktı mı karşına? Boğuldun mu kendi kendinin içinde? Sana da mı sormadılar?

Bana sormadılar. Sorsalar kovalardım belki. Belki söylerdim. Yok yok söylemezdim.

Zaten sormadılar ki.

Yalnızlar kalabalıkları dinler de,
Kalabalıklar yalnızları pek dinlemez çocuk!

Sürgün hayallerden sürgün yalnızlıklara savruldum. Kaçak bir mahkumdu umutlarım, zaptedemedim. Gün karaları benimdi, bir de hüzünlü şarkılar. Ne zaman ellerim ceplerimde uzaklara dalsam, alaycı bir gülümseme musallat olurdu suratıma. Sonra iç geçirmeler ve birkaç küfürlü sitem...

Güvenimin temeli istilaya uğradığından, paranoyak senaryolarla fütursuz savaşlara giriştim. Savaşı ben başlattım ve sadece ben savaştım. Kazanan bendim ve kaybeden ben. Gitmekle gelmek, doğmakla ölmek, beklemekle dönmek arasında; sıratın yanı başında bir yerlerde debelendim durdum. Düşmedim! Ayakta da kalmadım. Savruldum! Oralardan buralara, buralardan oralara. Ve nerede olduğumu hiçbir zaman kestiremedim.

Dayanamam dediklerine dayandığında,
alışamam dediklerine alıştığında ve
unutamam dediklerini unuttuğunda
büyüdüğünün farkına varacaksın...

Bu yaşadıklarımız hangi hayat bilgisi kitabında geçiyordu acaba?

Hangi hayat bilgisi dersinden kaytardık da öğrenemedik bunları?

Hangi hayat bilgisi öğretmeni çekti kulağımızı da söve söve kahrettik bu derse?

Bu hayat, hangi hayat bilgisi kitabında geçiyordu?

İşte ben bazen susarım günlerce.
Sonra bazen düşünürüm günlerce.
Ben bazen uyuyamam günlerce.
Günlerce...
Günlerce yorulmuşluğum var benim.

Bir süre sonra her gün aynı tantanaya uyanıyorsun. Karanlığın çökmesini bekliyorsun, çöküyor. Aynı karanlıklarda farklı acılar yaşıyorsun bu sefer. Her gece yastığa başını koyunca "Belki yarın bir şeyler değişir" diyorsun. Uyuyorsun, uyanıyorsun değişen hiçbir şey yok. Her şey aynı b*k! Değişmiyor işte! Bir süre sonra her gün aynı tantanaya uyanıyorsun...

Ne tuhaftır ki;
İnsanoğluna güvenilmemesi gerektiğini,
Yine bir insanoğlu söyler..!

İnsan yapamadıklarını hayal eder! Yapabildiklerini anlatır. Yapar gibi yaptıklarını da anlatır. Hatta bazen yapamadıklarını da anlatır. İnsan anlatır. İnsan anlatmayı sever. Konuşmayı, bağırmayı, çağırmayı, çağrılmayı da sever. İnsan sever. İnsan çok güzel sever gibi yapar. İnsan yapar eder sonra yapmamış gibi de yapar. Yalan söyler insan, yalanlara inanır insan. Güvenir, güvenilir sonra yanılır ve yanıltır insan. İnsan değişik bir varlık. Ben anlayamadım, ya siz?

Konuşmanın da adabı var, susmanın da, gülmenin de.

Peki ya ağlamanın?

Ağlayan insana edebinle ağla diyebilir misin?

Hakikaten yapabilir misin bunu?

Tükenmişliğin tükettiği yerdeyim yine. Boşluğun avucunda, yokluğun koynunda, sensizliğin başladığı yerde. Tutsaklığın hayallerime kelepçe attığı zamanlardayım. Kesik kesik yutkunup, kısık kısık konuştuğum saatlerde. Düşünemediğim, düşleyemediğim, içinden çıkamadığım duygulardayım. Boş ve anlamsız bakışlarda, ardın sıra kederlerde, gamlardayım. Derin derin iç çekişlerde; anlatamadığım, anımsatamadığım ve kendim bile anlayamadığım koskoca bir yalnızlıktayım. Gelgelelim uzun lafın kıssasındayım.

Tamamlayamadığım ve tamamlayamayacağım bir yazının tam sonundayım!

Ön yargıyla bakan gözler,
yanlış görmeye mahkumdur.

Kurallar, prensipler, yasaklar, ihlaller, ön yargılar, iyilikten maraz doğmalar, insanlar, insanlar, insanlar...

Tamamlanması gereken ömrüm, yaşadıklarım, yaşayacaklarım, bıkkınlıklarım, veryansınlarım, kaybolmuşluklarım, bulamadıklarım, yıkıntılarım, sızıntılarım, sıkıntılarım...

Uzaklarda, hep uzaklarda kalışlarım. Olmayası hayallere inanışlarım, kaybettiklerim, kaybedeceklerim, kaybetmekten korktuklarım, korkularım, buhranlarım, ağrılarım, sancılarım...

Yazabildiklerim, yazamadıklarım, hiçbir zaman yazamayacaklarım...

Anlayabilir misiniz şimdi beni? Ben beni anlayamazken...

Keşke insanlar da sigara gibi olsa.
Gideni küllüğe basıp, yenisini yaksak...

Olmuyor değil mi? Ne kadar istersen, o kadar olmuyor. Uğraşıyorsun, çabalıyorsun, didiniyorsun; gençliğini, ömrünün baharını, hayatını veriyorsun ama olmuyor. Sonra hevesin bir yerlerine kaçıyor. Hevesin kaçtıkça yoruluyor, yoruldukça pes etmeye başlıyorsun. Kahkahalar atıyorsun dışarıda, içeride volkanlar patlıyor. İnsanlara attığın sahte kahkahalar, yatağında hıçkırık olarak geri dönüyor. Boğuyor yaşadıkların, boğuluyorsun.

"Aynen, eyvallah, hayırlısı" gibi kelimeler ağzından ne kadar çok çıkıyorsa; o kadar çok kayboluyorsun.

Kimse bulamıyor seni. Görünür görünmez oluyorsun. Soyutlanıyorsun her şeyden. "Ne yapıyor ulan bunlar?" demeye başlıyorsun kendi kendine. "Ne konuşuyor ulan bu insanlar?"

Saklandığın yerden çıkmak istemiyorsun bir süre sonra. Oradan idare ediyorsun hayatı. İki dünyada yaşıyorsun. Gece ile gündüz gibi, kara ile ak gibi, ateş ile su gibi iki hayat yaşıyorsun. Sonra yoruluyorsun işte ve birden irkilip haykırmaya başlıyorsun: "Selam olsun yalnızlığa, selam olsun karanlığa, selam olsun gecelere, selam olsun türkülere, selam olsun küllüğümü süsleyen izmaritlere, selam olsun dumana, selam olsun bahara, selam olsun dağlara, tepelere, selam olsun aga, alayınıza selam olsun!"

Beklemek ağrısıdır zamanın.

Nereye kadar dönüp k*çını kaçacaksın yazmaktan?

Bu tutamayacağını bildiğin diyeti ve bir o kadar absürt tövbeni ne zaman bozacaksın? Saymadığın, zaten saymaya çalışacak bir durumda olmadığın sigara izmaritlerini hafifçe yanındaki toprağa dikip, her yenisinde diğerinin yıkılışını gördüğünde ve o izmaritlere hayallerini yakıştırdığın zaman ne b*k yiyeceksin?

Allah aşkına cevap ver!

En boşvermiş anında boşveremediklerin aklına gelip kalbin ritimsiz bir şekilde ağrıyınca; hangi yokluğa anlatacaksın, hiçbir zaman anlatmaya gücün olmayacak anıları? Sahi anılar mutlu ederdi insanları. Sen bu adaletsizliğe daha ne kadar dayanacaksın; cevap ver ulan! Daha ne kadar susacaksın? İçinden atamadıklarını hangi şehre kusacaksın mesela. Mesela sen bu meredi ne zaman bırakacaksın?

Yalvarırım cevap ver! Gebereceksin ulan bir şey söyle artık. Sen yazmadan nasıl yaşayacaksın?

Ey Güneş..!
Yeni güne doğduğun gibi
Gönlüme de doğ;
Gözlerime vurduğun gibi
Bahtıma da vur;
Tenimi ısıttığın gibi
Ruhumu da ısıt;
Karanlığı aydınlattığın gibi
İçimi de aydınlat Ey Güneş..!

Önümden akıp giden nehir, doğuya doğru süzülüyordu. Hava bayağı bayağı soğuktu ve ben yine esrarengiz kafalarda, olağan şeyler yaşıyordum. "Acaba İsveç ya da Norveç gibi bir ülkeye gidip, altı ay gündüzü yaşarsam karanlığın verdiği bu efkar edebiyatından kurtulabilir miyim?" tarzı sorularda biraz pinekledikten sonra, çetrefilli düşüncelere doğru yol alıyordum.

Neden böyleydi? Ben mi böyle olmasını istiyordum yoksa böyle olduğu için mi böyleydim? Anlam vermeye çalıştıklarım, anlam veremediklerim, anlamını yitirdiklerim, anlam karmaşasına uğruyor; düştüğüm bütün dehlizlerde kayboluyordum. Ne yapmak istediğimi bilmiyor yine de bir şeyler yapmaya çalışıyor; çayı kadehten, rakıyı kovadan içmek ne kadar saçmaysa, o kadar saçma saatler geçiriyordum.

Bazı kararlardan geri dönülür. Ama bazı kararların geri dönüşü yoktur.

Mesela; uçurumdan atlamak... Kurtulma imkanı, tüm insanlığın düzelme ihtimaliyle hemen hemen eşittir. İşte düşmüştüm bir kere hüzne. Artık çıkmak istesem de çıkamıyor hatta ve hatta daha derinlere düşüyordum. Belki susturabilseydim Müslüm Baba'yı, belki çakmağı her beş dakika da bir çakmasaydım, belki hava alabilseydim biraz, belki biraz uyuyabilseydim kurtulurdum. Ama olmadı. Müslüm Baba'ya saygısızlık yapamadım ve yaşananlara razı oldum.

"Ömrümün üstünden seneler geçti, yine de kimseye

yaranamadım." Gerçi benim böyle bir uğraşım olmadı ama ömrümün üstünden neler neler geçti. Avunmayı bilmiyordum. Avutamıyordum kendimi. Geçmişe fazla kafa yoruyor, geleceğe heveslenmiyor, şu anımında bir şekilde içine s*çıyordum. Böyle olmayı ben mi istedim yoksa böyle olmak istediğim için mi böyle oldum yine anlayamadım.

Geriye doğru yaslanıp, gözlerimi kapattım. Yine ardı arkası kesilmeyen sorular, yine bitmek tükenmek bilmeyen düşünceler, yine karanlık, içim karanlık, her yer karanlık. Bilincim kendiyle çelişikti büsbütün. Bedenim yorgun, ruhum kayıptı.

Anlayamıyor, konuşamıyor, ne olduğunu bilmeden peşinden koştuğum şeye yetişemiyordum. Hatta öyle bir hal aldı ki hüznüm, artık hangi b*ka efkarlandığımı bile bilmiyordum!

Efkarınız kurusun! Hadi bir sigara yakalım...

Suratımın sağına tokat gibi çarpan azılı rüzgar bile yerimden kıpırdamama engel olamıyordu.

O müzik dinlenecek, o düşünce deşilecek ve nihayetinde elimle perdelediğim çakmak o sigarayı yakacaktı.

Her yerim acıyor. Bazen kalbim işte, bazen ciğerlerim, bazen gece uykusuna hasret gözlerim, düşüncelerim, hislerim... Tarifi yok bu acının. Çocukken olduğu gibi dizlerimin üstüne düşüp kanayan yerimi göstersem, "aha burası acıyor" desem.

Büyüdüm artık, yüreğimin üstüne düştüm.

Hayallerim kanıyor. Gösteremiyorum kimseye, anlatamıyorum. Hani bir yalnızlık türküsüdür söylüyoruz ya! İşte acı en yakın dostudur yalnızlığın. Öyle paylaşarak falan azaldığı da tamamen tıraştır.

Sözün özü ne biliyor musunuz? Sözlerim bile acıyor bazen, varın gerisini siz düşünün!

Hangi zindan ıslah edebilir beni?
Hangi gardiyan zapt eder?
Hangi ölüm korkutur şu bitkin bedeni?
Hayat! Bir günah keçisi lazımsa sana; tut götür beni!
Ne suçu söyle, ne sebebi...

Bir tarafım yaşamak istiyor, bir tarafım yaşlanmak. İnce sızılardan, kimsesiz karanlıklardan yazıyorum. Uzak noktalara odaklanıyor gözlerim. Dinlediğim şarkının sözlerine kilitleniyor beynim. Ben hep yaparım bunu, siz de yaparsınız bilirim.

Çok fazla umursuyorum. Çok fazla umursuyoruz. Hayatın altın kuralı aslında umursamaz olmak. Yani umursamaz olursan altın gibi yaşıyorsun. Altın gibi değerlisin. Takıntılıyım, takıntılıyız. Ben ruh hastası olduğumu düşünüyorum bazen. Ve inanıyorum buna. İyileşmek istemiyor değilim. Ama psikologların bunu başarabileceğine ihtimal vermiyorum. Denesem ne çıkar? Cebimden bayağı bir para çıkar ilk etapta. Sanmıyorum üç beş seansta insanları sevebileyim. Sanmıyorum cıvıl cıvıl bakayım hayata. Kuşlar, çiçekler, böcekler... Koskoca bir meçhul işte. Esasında benim hayatımda her şey meçhul. Söylenişi bile güzel, "meçhul". Ben meçhulu seviyorum.

Şairin 'meze'sidir sigara...

Teşekkürle değil şükürle yaşıyorum.
Tablaya uzatmaya üşendiğim sigaramın külünü
Kaç kere düşürdüm halıya, saymadım.
Adını koymadım yalnızlığımın.

Kaç kez gittim aynı kahveye,
Kaç kez aynı yolu yürüdüm.
Ne zaman kaybolup gitse güneş
O zaman savruldum sokaklara.
Akşamın karanlığını doladım boynuma
Yüklendim bütün kederleri.
Seçemediğim yüzlere aldırış etmedim hiç
Ve bırakmadı peşimi üç beş p*ç!

Teşekkürle değil şükürle yaşıyorum.
"Zamana bırak" dediler, ben zamanı bıraktım.
Ne öğünüm kaldı, ne saatim.
İsmini bilmediğim semtlerde,
Adrese lüzum olmayan bodrum katlarda yaşıyorum.
Valizimden çıkarıyorum günlük kıyafetimi
Ve geri valizime katlıyorum, buruşmasın diye
gömleğimi.

Ne zaman bir türkü çalınsa kulağıma
Nemleniveriyor gözlerim.
Zihnim bulanıyor, içim titriyor.
Ne zaman düşünmeye kalkışsam ağlamaklı oluyorum
Korkuyorum bazen, düşünmeye de korkuyorum.

Tesellilerden, nasihatlerden,
Alıp da vermeyenlerden, gidip de gelmeyenlerden sıkıldım.
Ne dosta ihtiyacım var ne de herhangi bir insana.
Dedim ya!
Teşekkürle değil şükürle yaşıyorum.

Ufkumun berisinde hep acının tablosu.
Dertlerimin çöplüğü olmuş kül tablası.

Bütün seslerden yoksun, kargaşalardan uzağım bu aralar. Sıradan bir gün gibi sıradanım. Yaz yağmuru pervasızlığında, akşam güneşi tadındayım. Öksüz kalemlerin imzasında, anlaşılmayan cümlelerin imlasındayım. Boş verilmesi gereken, oysa "boşver" kelimesinin bile bir o kadar saçma, bir o kadar anlamsız geldiği; alışkanlıklara alışamadığım, simetrisi olmayan düşüncelerin tam ortasındayım.

Gölgemle yarışacak kadar deli, aklımı yerecek kadar cesur ve bunları yazacak kadar sarhoşum aslında. Gamsızlığım yüzüme vurmuş. Umursamazlığım amuda kalkmış. Öyle belli belirsiz saatlerdeyim. Ama gecedeyim! Karanlığın körü, yalnızlığın dibi ve alengirli kafaların en başındayım.

Efkar şarabından fazla kaçırınca, kalemin ucunu göremiyorum. Bu kadar yet...

Yaşadıklarımı anlayabilseydin eğer;
Yaşadıklarını anlatamazdın..!

İstediğiniz gibi gitmez hayat hiçbir zaman.
En azından benim için öyle.
Hangi yola girdiysem çıkmadı,
Hangi zehri içtiysem kesmedi,
Hangi yıldızı tuttuysam kaymadı.
Bütün karamsarlıkları –ben merkezime– topladım.
Bütün uğursuzlukları, bütün şanssızlıkları, bütün bahtsızlıkları üstüme alındım.
Ya kaçmadım ya da kaçmak istemedim.
Olmadı işte!
İstediğim gibi gitmedi hayat hiçbir zaman.
Hatta zaman bazen hiç gitmedi...

Hayatı bir gün bitecek gibi değil de,
bir gün başlayacakmış gibi yaşıyoruz.
Bütün hayal kırıklıkları bu yüzden.

Geçmiş gitti, gençlik bitti.
Dün yeni dediklerim eskidi bugün.
Beklenenlerle, gerçekleşenler aynı olmadı.
Sıra gelmedi hayallere.
Hayaller de eskidi, hayaller de değişti.

Düşünceler de değişti.
Tabular, prensipler...
Benliğim, benliğimiz de değişti.
Her yeni gün, daha da unutuldu eskiler.
Durmadan dert yansak da, nedense hep cazip geldi yeniler.

Çocuklar da değişti bayağı.
Ne Ömer Seyfettin kaldı, ne kaşağı.
Teknoloji işgal etti yürekleri.
Çelik çomak, misket, saklambaç da geçmişte kaldı.

Anneler, babalar da değişti biraz.
Dedeler, nineler de değişti.
Masallar, kurallar, yasaklarda geçmişte kaldı.
Fıkralar, muhabbetler dedikodulara bıraktı yerini.
Gurbet türküleri, saz geceleri de geçmişte kaldı.

Ölümün kokusu ağırlaştı her geçen gün.
Umursamazlık korkuya, korku tövbeye dönüştü.
Zaman durmadı, duramazdı.
Gelecek çok çabuk geliyordu
Ve geçip gidiyordu geçmiş aldırış etmeden.
Dediğim gibi geçmiş gidiyordu, gençlik bitiyordu
Ve dün yeni dediklerimiz eskiyordu bir bir.

Hayat bana öyle bir soru sordu ki:
Cevabı düşünürken soruyu unuttum,
Soruyu ararken, cevabı kaybettim...

Kaybetmekle varırsın hayatın aslına. Kaybettiklerini bulmaya çalışırken bulursun kendini. Bulduklarınla unutur, unuttum sandıklarınla fark edersin; yaşamayı, ölmeyi, sevmeyi...

Kazandıkça kazanlarda pişer yüzündeki saf tebessümler. Kazandıkça alışırsın kaybetmeye. Kazandıkça eritirsin kendini bazen. Bazen kazandıkça yitirirsin...

Doğmakla ölmek, gelmekle gitmek ve kazanmakla kaybetmek arasında çırpınıp duruyoruz aslında. Tabi işin aslına varmaksa mesele...

Ben, bende yaşadım beni.
Benim gönlüm tenha, benim gönlüm ıssız.
Ben, kendi hapsimde tanıdım beni.
Benim hayatım sürgün, benim adım yalnız!

Tamam! Teslim oluyorum.
Kelepçe istemez.
Sigaramı vermem.
Ve şiirlerimi ve hayallerimi...

Tamam! Teslim oluyorum.
Bağlamayın gözlerimi.
Görsem de koyar mı sanıyorsunuz bir kaç ihanet daha?

Son isteğimi sormayın.
Gerek yok duygu sömürüsüne.
Ki sömürüye karşı olduğum için...
...tamam, susuyorum.
Susmak demişken;
Ne güzel susuyorsunuz siz?

Tamam! Teslim oluyorum.
Kelepçe vurmayın, acır bileklerim.
Sonra acır yüreğim,
Acır hislerim, ruhum acır.
Sahi ne de çok acıyanım varmış.
Ne de çok acı yanım varmış.

En sadık dostumdur "ilham"
Ne zaman hüzünlensem, bitiverir içimde...

Hava serin. Çayım sadece ilk yudumda sıcak. Üzerimde acıyla karışık bir titreme. Ona rağmen dışarıda kalmaya direnen vücudum. Paketimde son yedi tek. En az yarım saat demek. Devamı dolabımda karton karton. Rahmetli Baba Müslüm. "Bir sevda türküsüdür benim meselem..."

Yaprak hışırtıları konuşuyor gibi, dinlenesi. Ve bir sigara daha yakılası. Gökte yıldız yok. Horozlar uyanmak üzere. Ama güneş yok.

Gün aymıyor, aymayacak. Gece bitecek, yüreklerdeki karanlıklar bitmeyecek. Ben anlatacağım, ama Mira beni hiç bir zaman anlamayacak. Mira; kendisinin haberi yok. O benim köpeğim...

Konuşanlar sığırsa, sağır olmaya mecbursun!

Şimdi bağırsam çağırsam kim duyar beni?

Peki "sessiz olun" desem, kim susar?

Kim anlar beni, kim anlayabilir?

Hadi siz kendi dünyanızda gösterişli hayatlar yaşamaya devam edin.

Ben karanlık patikalarda bulurum kendi izimi.

Alıcı alttan vurur fiyatı, satıcı üstten.
Sonra herkes işine bakar!

Kazanmak, ne kazandırabilirdi ki artık bana? Kaybedilenler geri kazanılsaydı kaybedilmiş olmazdı. Kaybettiklerimi geri kazanamayacaksam; kazanmak bana ne kazandırabilirdi ki?

Oyuncaklarını kaybeden bir çocuk her şeyi oyuncağa benzetebilir. Tıpkı tencere kapağını direksiyon, bastonu kılıç yaptığı gibi. Peki hayallerini kaybeden bir çocuk ne yapabilir? Hayalleri olmayanlar dünya denilen oyuncakla oynayabilir mi?

Hayalleri yağmalananlar, umutları çarmıha gerilenler, hevesleri bir yerlerine kaçmış olanlar için kazanmak nedir ki? Neyi kazanabilirler ki? Paranız pulunuz yerin dibine batsın ulan! Enkaza dönmüş dünleri geri getirebilir misiniz?

Başımda yapılan kritik toplantılara hep sonradan gelen aklım; geç kalınmışlığın cezasından firar eder, akılsız kalırım. Kalbim sevda uçurumuna yanaşır, düşen yaralanan ben olurum. İhanetler çiçek verir sırtımın kanla kaplı bahçelerinde, şüphelerle sevişirim. Kaybedilmişliği fazla uzatmaya gerek yok, yoksa onu da kaybederim. Şimdi sorunuzu ben size soruyorum. Kazanmak bana ne kazandırabilir?

Zaman bazen akmasa da, damlıyor.

Zaman, sabırla geçiyor. Yaralar iyileşiyor.

Günü karartan kudret, geceyi de gün ediyor elbet!

Lakin anlatamadığım ağrılar var. "Her şey geçecek" diyorlar. Ben inanıyorum, ağrılarım inanmıyor. Hep sızlıyor, hep sızıyor. Ve ben her gece kan ter içinde uyanıyorum. Ben her gece kan ter içinde defalarca uyanıyorum.

Ben bazen, kan ter içinde uyuyamıyorum...

Gündüzleri dökülen timsah gözyaşlarına inat
Geceleri ağladım ben yalnız ve sessiz...

Saat sabaha beş vardı. Altında oturduğum kayısı ağacı 6.3 şiddetinde sallanıyor, akşamki yağmurdan kalan damlaları intihara zorluyordu. Vücudumun çeşitli noktalarına isabet eden su taneleri, kulaklarımda çınlayan türküyle ahenk içinde dans ediyor, gözlerim kapanmamak için azılı bir mücadele veriyordu. Etrafta mahşere çalan ölüm sessizliği, kulaklarımın hassaslığını, sivrisineklerin vızıltısında mana arayacak kadar duyarlı hale getiriyordu. Kısa aralıklarla yaktığım sigaralar ve tek şekere düşürmeye çalışarak içtiğim çayların ağzımda bıraktığı kekremsi acılık, yalnızlığında bir tadı olduğunu hatırlatıyordu. Zaman en uyuşuk haliyle ilerlerken, güneş küçükken arkasına saklandığını sandığım dağların üstüne kurulmaya başlıyor, kalbimdeki yorgunluk uyku vaktimin geldiğini müjdeliyordu.

Gün aydınlandığına göre artık saatin de bir önemi yoktu. Son sigaramdan son dumanı çekip umarsızca fırlatırken, kayısı ağacının altından yatağıma doğru umutsuzca yol alıyordum. Ve yalnızlığın yalnız bırakmadığı bir gece daha böylelikle son buluyordu...

Zaman ki; bir ulu çınar.
Bir dalında beklemek, bir dalında umut var...

Her nefes başka bir giz barındırır. Milyarlarca insan, yaşanmışlıklar, yaşananlar ve yaşanacaklar...

Anlatılamayan ve anlatılması gereken sayısızca hayat varken, nedense hala hayali karakterler serpiştiririz kitaplarımızın başrolüne. Filmlerde buluruz mutluluğu, acıyı, aşkı ya da ihaneti... Soyut ve somut olan her şeyi yalanlarda ararız, bulacağımıza inanarak.

Hep bir kaçış vardır gerçeklerden. Daha küçük yaşta baş gösterir aldatmacalar. Oyuncaklarla kandırılırız. Can vermeye çalışırız cansız makinalar tarafından yapılanlara. Çizgi karakterlerde buluruz hayatımızın kahramanını. Resimler çizeriz güneşi hiç batmayan. Sonra pembe panjurlu bir ev, bahçesinde çiçekler, sokaklarda çocuklar... Kağıttan kafamızı kaldırıp şöyle bir kolaçan etsek mahalleyi çocuk falan da göremeyiz aslında ve taş yığınıdır evimizin bahçesi.

Ben bu gece sızarım galiba.
Sızım sızım acırım önce,
Sonra kısım kısım yaşar,
En sonunda mışıl mışıl olmasa da,
Uyur kalırım.

Gün bize hep geceleri aydı! Acılar aydı, sancılar aydı, zifiri karanlıklar aydı. Gözlerimizi aldı hüznün ihtişamı. Sevdanın kahrı, efkarın torpillisi kaldı. Öyle kalakaldı işte ne varsa. Değişsin istediklerimiz kalakaldı, hep kalsın istediklerimiz çok değişti.

Ve bir gün kömür olacak, kırılmış bir ağaç dalına benzedik. Kırıldık, kırıldıkça kırıldık, kırıldıkça ateş olduk, ateş oldukça yandık, yandıkça ateş olduk. Alev aldı her tarafımızı. Her tarafımıza ateş aydı. Aydı, gün bize hep geceleri aydı...

Batıyorum ben!
Dibe doğru durmaksızın batıyor,
her düşüşüm de daha derinlere
kazıyorum.

Bugünden geleceğe, gelecekten geçmişe, geçmişten de bugüne geldim.

Sonra bugünün, gelecekte geçmiş olacağını düşündüm.

Geçmişin ise her zaman geçmişte kalacağını.

Kendime döndüğümde; geçmiş, bugün ve gelecek birbirine girmişti.

Biraz kurcaladım, iyice b*ka sardı.

Ben geçmişi geçmişte, geleceği gelecekte bırakıp bugün de kafamı tazeledim.

Sonra da başı ve sonu olmayan bir ton muhabbet...

Not: Geçmişte değilim, gelecekte değilim, bugünde hiç değilim!

Ansızın acı çekerken buldum kendimi.
Daha yaşım kaçtı,
neye dert yanıyordum; bilmiyorum...

Acı çekiyorum! Acıyı, çekiyorum içime. Bu kadar aydınlık fazla bana. Sokak lambası patlasın istiyorum. Nasıl beceriyorum bunu bilmiyorum. Mutlu olmaktan yana hiçbir halt yiyememiş içimdeki saftiriğin, efkârı ayartma konusunda yetenek abidesi kesilmesini, hiç bir zaman anlayamıyorum.

"Yeter ulan!" diyecek kimsem yok galiba. Olmaması normal çünkü yaşadıklarımı galiba bir tek ben biliyorum. Kimsenin bilmediği ve zannediyorum hiç bir zaman bilmeyeceği ikinci bir hayat yaşıyorum. Herkesten gizli saklı; kuş uçmayan, denizi olmayan, karanlık bir hayat...

Gökkuşağı dahi siyah olan bir insandan renkli hayaller kurmasını beklemeyin. Beklemeyin, çıldırıyorum! Beni beklemediğiniz gibi, benden de bir şey beklemeyin.

Not: Biri toprak atsın üstüme! Güneşiniz, gözümü alıyor...

Ey hayat!
Sen espri yaptın da,
ben mi gülmedim?

Gözyaşlarımda alabora oldu hayal kırıklıklarımdan yaptığım sandal. Servetler harcadım unutabilmek için. Neden sonra öğrendim ki; unutmak istediklerini unutamazmış insan.

Gayesiz, güvensiz, umutsuz; duygulu ama duygusuz gözüken, ağlamaklı haliyle tebessüm eden bir adam oldum. Manevi yorgunluklara bıraktım kendimi. İçten içe hiç edildim. Gönlüm yazmak istedikçe, parmaklarım yan yattı, çamura battı. Ve ben battım derin sularda. Kimsesiz kaldım, yapayalnız.

Harcadılar beni. Karanlık sokaklara, dipsiz kuyulara ittiler. Eğdiler, büktüler, demir gibi ateşlere verdiler. Ve sonunda böyle bir adam yaptılar beni. Gayesiz, güvensiz, umutsuz; duygulu ama duygusuz gözüken, ağlamaklı haliyle tebessüm eden bir adam...

Kış bahane, her mevsimin bir soğukluğu var.

İşte gidiyorsun! Vedaların altına saklıyorsun gözyaşlarını. Dokunsalar lapa lapa ineceksin kirpiklerinin karasından...

Papatya yaprağı misali teker teker kopartılıyorsun; Sevdiklerinden, sevenlerinden, seveceklerinden... Saklıyorsun, en derinlere sakladıklarını. Kendini parçalıyorsun, birileri yıkılmasın diye.

İçin dışın ayrı oynuyor bazı konularda. Darmaduman olurken için, düğün bayram yapıyor dışın. Sen bence biraz düşün.

Bak gidiyorsun! Hem de en olmadık mevsimde. Ağaçlar çiçeklenirken, rüzgar serinletirken ve sevdan ateşlenirken gidiyorsun...

Sonunda ha! Sonunda gidiyorsun. Zaten hep gelip gidiyorsun.

Sırtlanıyorsun boyundan büyük yükleri, en olmadık zamanlarda çekip gidiyorsun, mecburen!

Sen defalarca yıkılan hayallerini, yeniden inşa edip altında kalacağını bile bile başında bekleyen. Çocuk saflığıyla inanan, güvenen. Sen mısraların adamı! İşte gidiyorsun! Fermuarı patlayacak valizine, düşlerini de sığdırıp gidiyorsun. Ağrıyor duyguların, bıçak dudaklarını kesmiyor. El sallarken geride kalanlara., kimse "gitme" diyemiyor. Mecburen gidiyorsun...

Sızmakla uyumak arasındaki farkı fark ettiğimde,
bir kez daha fark ettim büyüdüğümü.

Bu benim!

Tanıyın beni!

Yaşadığım onca şeyden sonra salakça gülümsemekten sıkıldım.

Sıkıldım insanlardan.

Havadan, sudan, iğnesiz iplikten, asfalt yollardan, kahkahalardan, zırlamalardan, göstermelik ömürlerden, günlük aşklardan, yaşamaktan, hep yaşamaktan, sadece yaşamaktan usandım.

Yaşlandığım kadar yaşamadım oysa.

Göründüğüm kadar mutlu olamadım.

Gereksizce sorulan "nasılsın" sorularına, gereksizce "iyi olmaya çalışıyorum" dedim.

Hep iyi olmaya çalıştım, olamadım.

Yarım kaldı her şeyim.

Hayatım, hayallerim hatta yazdıklarım da yarım kaldı.

Yarım kaldım işte!

Bu benim!

Tanıyın beni!

Önce geceler uyur, sonra ben!

Biraz eksik, biraz fazlayım. Bu aralar anlatılmaz duygudayım. Ne sigaranın tadı var, ne efkarlı türkülerin. Ya çok yalnızım, ya çok kalabalık. Böyle tarif edilemeyen ama acımasızca yaşanan bir durum. "Acımasızca" derken, cidden acımasızca. Yani hiç acımıyor.

Hani uzun yıllar işkenceye uğramış insanın artık alışılagelen bir kendinden geçme durumu olur ya, işte öyle bir durum. Duygularım acımıyor ya da yoklar bilmiyorum. Korkum yok mesela, umudum yok, hayalim yok...

Hayal kurmak ahmaklıkmış anladım artık. Olmayası şeyleri boşuna sulamakmış fikrinin o dar ovasında. Bir şeyleri hayal et, sonra olmasın ve sen sanki ona sahip olmuş gibi kaybetme acısı çek. Ve senin gibi onlarca insan da, aynı kurmaca altında ezilsin.

Çok alengirli kafalardayım bu aralar. Görmüyorum, duymuyorum, yaşamıyorum. Bana benzeyen bir ceset ortalıkta dolanıp duruyor. Bana benziyor ama ben değilim, iyi biliyorum. Belki de şu an bir yerlerden kendimi izliyorum. Ya öyle böyle değil, çok alengirli kafalar. Yokum ama var olma mücadelesi veriyorum. Anlamak çok zor. Ben anlamıyorum mesela. Belki de kolay, biz her zaman ki gibi kaytarıyoruz dersten. Hayatta devamsızlık sıkıntısı da yok, kaç babam kaç kaçabildiğin kadar.

Millet! Ben son derse de girmedim. Soran olursa "bir şeyler karalıyormuş" dersiniz...

İletişim aracı olduğu söylenir dilin. Peki dil ne kadarını iletebilir anlatmak istediklerimizin?

Hissettiklerimi konuşamıyorum. Konuşmak çaresiz kalıyor bazen. Susmak istiyorum, galeyana geliyor içimdekiler. Vızır vızır kemiriyorlar beynimi. Arada kalmak yordu bünyemi.

Artık kaldıramıyorum!

Bir günde bir hayat, koskoca hayatta bir gün
yaşıyorum.
Düşüyorum düşündükçe, düştükçe düşünüyorum.
Güne farklı, geceye hep aynı başlıyorum.
Beynime yazılanları silemiyorum ve silinenleri
yazamıyorum yeniden...
Sineye çektiğimle yanıyor, dışa vurduğumla
kıvranıyorum.
Bulamıyorum orta yolu, doğru sözden sapamıyorum...
Her aldığımı veriyor, verdiklerimi alamıyorum.
Maddi ruhlarda maneviyat, köhne kalplerde vefa
arıyorum.
Serseri bedenimle üşüyorum karanlık kışlarda.
Yalnızlık kadar ağır, yalnızlık kadar sessiz
Ve yalnızlık kadar çaresiz kalıyorum yalnız
mekanlarda...

Bir günde bir hayat, koskoca hayatta bir gün
yaşıyorum.
Düşüyorum düşündükçe, düştükçe düşünüyorum.
Yoruluyorum dinlendikçe.
Dinledikçe kulaklarım, kahroluyorum.
Sırtımı dönemiyorum hiç kimseye, hiç kimseye
güvenemiyorum.
Sahte tebessümlerim var benim,
İstediğim zaman gülüyor ve istemediğim zaman
ağlıyorum.

Dertliyim ben her gece, her gece kederliyim.
Ay ışığı dostumdur, türküler yoldaşım...

Her gelen gidecek ama her giden geri gelmeyecek.

"Bu ne ulan! Sabah keder, akşam keder" diyorsunuz ama öyle. Ben hala elli beş yaşındaki babamın efkarlı bir müzik duyduğunda gözlerinin uzaklara dalıp gittiğini görüyorum. Yani anlayacağınız; bu hayattan pek bir şey beklemeye gerek yok. Çünkü her gelen gidecek ama

her giden geri gelmeyecek...

Susuşlarda saklanan, söylenmeyen gerçekler!
Dertlerin üstünü sıkıca örter geceler.
Gün doğmaz sabahlara o güneş sahte.
Hangi yılın hatırına bu soğuk kahve?
Falcılar yalancı, aslı göstermeyen telveler.
İki yol gözükse ne çıkar; biri gamdır, diğeri keder...

Sen sağ, ben selamet...
Gidiyorum ey şehir!
Bağrında kalanlara selam et.
Bir felaket gelmeden gidiyorum.

Fısıldıyorum sokakların çıkmazına
"Usul usul" diyorum!
Usul usul gidiyorum...

Boz bulanık yaşıyordum. Nereye gideceğimi, nerede saklanacağımı, ne zamana kadar kaçacağımı bilmiyordum. Uyuşuk ve hantal bir beyinle, hayat sahasında koşturup durmak alt etmişti bünyemi. Uykusuz kalabiliyordum artık. Saatlerce hatta günlerce uyumuyor ama birbirinden garip rüyalar görüyordum.

Öksürükle değişik melodiler çıkarıyor yine de dumanı eksik etmiyordum. Azaltmaya çalıştıkça boş paketlerin arttığını görüyor; anlamsızlıklarıma yenisini ilave edip bir sigara daha yakıyordum.

Hayatta her şeyden kaçılabileceğini ancak ve ancak insandan kesinlikle kaçılamayacağını öğrendim. Yine de kaçmaya devam ettim. Onlar karşıma çıktıkça, ben inadına kaçtım. Korkumdan falan değil ha! Cesaretimden kaçtım, cesaretimden!

Boz bulanık yaşıyordum. Ne b*k yiyeceğimi harbi harbi bilmiyordum. Sonra sayıyordum. Bir, ki, üç dört, beş...

Yanlı ya da yansız, yalnızlık taraf tutar mı?
Mezarında yatan için önemi var mı vaktin?
Kulaklar duymuyorsa hangi sessizlikte kafa dinlenir?
Ey insanlar!
Bırakın sözlerimi.
Haykırışlarımı, serzenişlerimi unutun.
İçimi göreniniz var mı aranızda?

Yerle Bir

Neden ağladın çocuk? Kim öğretti sana doğarken ağlaman gerektiğini? Sen insanın en temiz halisin. Anladın mı yoksa nasıl bir yere düştüğünü? Bütün masumiyetinle ana kucağından yeryüzüne düşerken anladın mı bir daha hiç bir zaman o kadar masum olamayacağını?

Kahkahalar atarak doğmak varken neden ağlamayı seçti insan, yazı mıydı bu? Yoksa bilimin ebelere tanıdığı bir tokatlık kıyak mı? O zaman zorla mı ağlatıldı insan? Ağlamasa olmaz mıydı?

Sormayı da sevdi insan. Cevap alamayacağı soruları sormayı da sevdi. Cevap almak istemedi belki bazen. Belki bazen sadece sormak istedi meyveli yoğurt yerken.

Neden ağladı insan? Kim öğretti insana ağlamayı? Yoksa yerle bir olmak hayat döngüsü mü?

Ne ninniler söyleniyordu bir süre sonra kulağına insanın, ne masallar anlatılıyordu gerçekmiş değilmiş umurunda olmayan. Hayat kafasına vura vura uyumak zorunda olduğunu öğretiyordu insana. Ve zorunda olduğu şeyleri yaparken genelde zorlanırdı insan. Yazmak isteyince yazamaz, yetişmek isteyince yetişemez, uyumak isteyince uyuyamazdı. Yapamazdı işte insan! Yapmak istediği ne varsa bir şeyler engel olur yapılamazdı.

Hayatı sümkürüp katlanmış hatta bir kez daha sümkürüp bir kez daha katlanmış peçete gibi kulak ardı eden istisnalar dışında uyumak zorunda olduğumuz zaman, günlerce uyumasak da nedense zor gelirdi uyumak. Yaş ilerledikçe ilerleyen yılların beyne kurduğu salıncaktan mıdır bilinmez sallanır durur kafada bir şeyler hem de tam uykunun geldiği sırada. İşte tam o sırada uyanıverir belli belirsiz sıkıntılar, düşünceler, belirsizlikler...

Yastığa başını koyana kadar olur olmadık yerde esnemene sebep olan uyku tohumu yatağa düştüğün anda düşüverir gözlerinden ve bedeninden. Tıpkı beklenmeyen otobüsün ard arda geçmesi, aranmayan şeyin defalarca görünmesi, istenmeyen düşüncenin zırt pırt akla gelmesi gibi. Oysa aynı otobüsü beklediğinde beklemelerin uzamasına döner iş, defalarca gördüğün şeyi bulamamaya, "dilimin ucunda" dediğin şeyi hatırlayamamaya benzer.

Uyku kaçışların en kolay, güzel ve kestirme yoludur esasında. Ama ihtiyacı olana gitmez, "gel" deyince gelmez; uzatır, uzattırır, düşünür, düşündürür ağrıtır kafanı da bir türlü girmez.

Ya yerle bir olan uyuyamaz, ya da uyku yerle bir eder uyutmaz. Bakarsın her şey ansızın bir gece son bulur ya da bir bakarsın uyku da yerle bir olur...

Yapraklarla bezenip ıslanmaya başlayınca kaldırımlar; bahar da yerle bir olur. Kuşlar göçer, aşıklar susar, arap kızı arada camdan bakar ve alışır insan bahar sanki hiç gelmemiş, hiç geçmemiş gibi. Sonra hüzünden alır, hazan adını ve bir başka ağrır sevenin sol yanı. Ama umurunda olmaz bu bulutların ya da yarım yamalak doğmaya çalışan güneşin ve geceleri artık görünmeyen yıldızların ve ayın.

Her düşüş, zemin hazırlar yerle bir oluşa. Düşmek değildir çünkü yerle bir olmak. Yerle bir olmak, düştükten sonra devamında seyreden ardışık olaylar kümesidir.

Evet her düşüş zemin hazırlar yerle bir oluşa. Kar taneleri düşünce bilinir ki, hazanın da sonu geldi.

Ya hüznün? O içlerde saklı.

Ve yine bilinir ki, düşünce cemreler kışın da suyu ısındı. Doğmaya başlayınca güneş ve yer yüzüne en yakın hissettirdiğinde kendini; baharın, daldaki çiçeklerin, papatya kokulu bahçelerin de vadesi doldu. Geldi, geçti, gitti yine günler, aylar, seneler ve de insanlar...

Yapraklarla bezenip ıslanmaya başlayınca kaldırımlar, bahar da yerle bir olur. Sonra hazan, sonra kış, sonra sıcaklar ve sonra yeniden...

Yeniden doğdukça yıpranır her şey. Ki zaten yeniden doğmak ölmekten sonra gelir.

Yani diyeceğim şudur: Farkında olmasak da bir şeylerin, mevsimler de yerle bir olur. Sonra aylar, haftalar, günler ve de insanlar...

İnsan hayatının henüz başında bir kere güvendi ve sonra ölene kadar vazgeçmedi, geçemedi. Defalarca kandırılsa da yine de birilerine inanmak istedi. İnandıkça kandırıldı, kandırıldıkça "güvenmem" dedi, ama güvendi.

Güvenmek istedi insan, inanmak istedi. Yaslanacak bir sırt, gözyaşlarını dökebilecek bir omuz, dertlerini anlatacak bir sırdaş aradı her zaman. Aradığını bulduğunu sandı, inandı, güvendi ve yanıldı. Ama yılmadı. Yine istedi. Yine güvendi.

İster salaklık deyin buna, ister hayatın bir kuralı, ister insanın çaresizliği. Ama insan ne kadar "güvenmem", "güvenmeyeceğim" dese de dedikleri hep lafta kaldı. Çünkü içlerinde bir yerlerde güvenmeye güdüleyen bir şeyler vardı onu.

"İnsanlara güvenilmez" dedi insan, insan olduğunu unutarak. Söyledi ama yapamadı.

Yine güvendi, yine inandı, yine kandırıldı.

O an hayatında güvenebildiği, güveneceği, güven duyduğu kim varsa hep son kişi olarak gördü onu ama son değildi o kişi ve son olmayacaktı.

Sen de yıkarsan güvenimi, tutunacak dalım kalmaz" diyenler her zaman başka başka dallar buldular, bulmalıydılar, bulacaktılar. Çünkü insan ne kadar "güvenmem" dese de güvenecekti.

Güven duygusunu yitirdi insan. İnsanlara güveni kalmadı. Herkese şüpheyle baktı, tereddütle yaklaştı. Ama en sonunda ne oldu bilin bakalım.

Yine güvendi ve yine yerle bir oldu.

Arkasına bile bakmadan kaçtı. Bakmaya fırsat bulamadı. Belki bakmak istedi, bakamadı. Belki baktığında kaçtığı şeyle yüz yüze gelmekten korktu; bakmak istemedi ve bakmadı.

Arkasına bakmadan kaçtı insan, geçmişinden kaçarken. Bunu bilinçli bir eylem olarak da yapmadı hem. Her saat, her dakika, her nefes; kaçtığını hissetti ve fark etti kaçmak zorunda olduğunu.

Önce dünü unuttu insan, sonra bugünü yaşadı ve nihayet yarını düşündü. Sonra dünü hatırlamadı, bugünü unuttu ve yarını yaşadı. Sonra bugünü de hatırlamadı, yarını unuttu ve belirsizlikte yaşadı. Ansızın dünün, bugünün ve yarının olmadığını anladı. Anlardı insan bazen. Anlamamazlıktan gelse de çok iyi anlardı. Anladı ama –mazlıktan geldi.

En çok geçmişinden kaçarken arkasına bakmamaya çalıştı insan. –Mış, –miş olanlar geri gelmiyordu ve yaşanan her an yaşanılan ve yaşanılacak anların önüne perde gibi iniyordu çünkü. Ama başaramadı! Belki bir bağlamanın telinde, belki bir neyzenin nefesinde ve belki bir şairin kaleminde canlanıverdi ansızın geçmiş ve bakıverdi arkasına insan. Bir anlık gaflet ya da zayıflık ya da efkar ya da nemenem şeyler, bugünü ve yarını unutturup, unutulması gerekenleri hatırlatıverdi insanın kulağına hiç olmadık zaman ve mekanlarda.

Kaybedilen şeyler kazanılabilir olsaydı kaybedilmiş olmazdı.

İşte zaman, kaybetmeyi zeytin ekmekle yuvarlayan, geçmişin en büyük yaltakçısı ve arkasına bakmadan kaçmaya ayarlanmış akışkan bir olay.

Uzatmayalım o zaman; geçmiş yerle bir oluşlarımızın neresindedir? Belki her yerindedir. Belki en derindedir...

Üşüse de farkına varmaz insan çoğu zaman kışın, ıslansa hazanın, kavrulsa yazın. Kainat bas bas bağırırken bir şeyleri kulağına nedense duyası gelmez. Ya da duymaz, ya da duymak istemez. Her an hatırlatılsa da bazı şeyler, hatırlamaz insan; unutur. Zaten genelde çabuk geçer, çabuk siler, çabuk kaybeder ve çabuk kaybolur.

Mesele farklı olmak ya da olmamak değil. Asıl mesele yeğen... Dur şimdi bu film repliğiydi. Ne diyordum? Hah! Mesele farklı olmak ya da olmamak değil. Gözüyle baktığı sürece fark edemez zaten insan. Kulağıyla duyamaz, elleriyle tutamaz, koşamaz, konuşamaz...

Fark etmek için farkı görmek değil; farklı olmak, farkında olmak gerekir. Peki insan farklı mı, farkında mı? Tabi bu soruya en kestirme cevap: Kime göre, neye göre? Olur ki, buna da soruya soruyla karşılık verip yırtmaya çalışmak denir.

"Gideceğini zaten fark etmiştim" cümlesindeki farkla, "gittiğini fark ettim" cümlesindeki fark; belki anlatmaya çalıştığım şeyleri biraz daha somut hale getirir. Ki genelde soyutlanıyorum dedikçe aslında somutlanır insan. Somutlandıkça fark edemez. Sonra fark edemediğini de fark edemez.

En son "ulan ne fark eder bu saatte sonra" der ve yerle bir olur.

Karanlık bir şehrin henüz uyumamış odalarından sızan ışıkları seyretmek gibi seyredilmiyor insanlık. Denizin dibinde içli melodilerle dinlenmeye, manzara karşısında senden başka kimsenin giremeyeceği dehlizlere girmeye benzemiyor. Öyle bakakalamıyorsun insanı seyrederken. Düşüne kalıyorsun, düşe kalıyorsun, düşe kalka düşünmeye çalışıyorsun ne yapmaya çalıştığını. "Doğru mu konuşuyor?" "Altında bir bit yeniği var mı?" Güvenmeli mi, güvenmemeli mi? İnanmalı mı inanmamalı mı? Gereksiz ama bir o kadar da hayati önem taşıyan bir saçmalığa sürükleniyorsun.

Yalnız kalmak ister insan. İster ki gözleri dalsın uzaklara. Göremeyeceği, bakamayacağı yerlere kilitlensin gözbebekleri. Yine bir manzara karşısında rahatlamak ister insan. Belki bir orman, belki bir deniz, belki bir karanlık... Ama göremeyeceği, bakamayacağı yerlere kilitlensin ister insan gözbebekleri. İşte o yüzdendir ki; insanı seyretmek insana işkencedir. Ve bazen gözlerimiz bile hiç ummadığımız kadar yerle birdir!

SON